우리 없이 빛난 아침

우리 없이 빛난 아침

창비

차
례

제1부 · 통증 없이도 이토록 멍들 수 있는가

008 영원한 햇빛

010 손과 구름

012 서른

015 지금이에요

018 민들레가 떠돌고

020 적운을 두고

022 충돌 지점

024 나의 실패

027 백혈구가 필요합니다

030 유년

031 나의 차례

034 어쿠스틱

037 악마적으로

040 무사

042 지나가고

044 마지막 빙하

제2부 · 몰래 가져오지는 않았지만 목숨을 돌려주고 올게

048　　외면하는 기쁨

050　　별과 오목

052　　주인공

055　　버스

058　　분장술

060　　파반느

062　　습관

064　　미로

066　　거울 열상

068　　밥이 잘못한 적 있습니까

071　　디어 마이 프렌드

076　　그들의 신

078　　가느다란 순간

080　　펫 숍

081　　사육

제3부 · 이 반복은 찻물이 마르고 나면 멈추겠지만

084 체리를 씻는 저녁

085 하나가 아닌 발자국

088 올드타운

090 결혼

092 낮잠 속의 씨앗

094 다식

096 너의 날개

099 숲과 숨

102 때가 묻는다는 것

104 오전 미사

106 파수

108 12월 30일

110 하얀 후회

112 벚꽃잎 흩날리면

114 이제 이 방을 나가자

118 너는 언제 파도를 키웠지

120 해설 | 성현아

135 시인의 말

통증 없이도 이토록 멍들 수 있는가

영원한 햇빛

그런 일이다
책장과 벽 사이에 끼어 있던
쓰다 만 공책을 발견하는 일
이곳에 살다가 저곳으로 옮겨본 적 있다는 것

보이지 않는 곳
볼 수 없는 곳
그늘의 인대가 끊어진다

먼지를 뒤집어쓴 채 파양된 기록이
누군가 탈피하며 벗어놓은 구겨진 허물이라는 것

열쇠를 가진 줄 알고
문의 저편만 찾아다니느라
구멍을 뚫고 다녔지

그러다 그 구멍
너를 모조리 삼켰고

모든 짐을 다 싸고도
들어갈 곳 없어
어제까지 식탁 위에 놓여 있던 공책이
사라졌다

사각형 햇빛 한칸만 그 자리에 있다

중단할 수 없는 이 빛
자꾸만 대신하여 맨 위에 포개지는
끔찍해서 아름다웠던

햇빛

손과 구름

오늘 구름은 여름의 허파를 본뜨고

혀를 길게 빼물고 세상을 핥으러 다니는가
기억에 머문 열기를 식히려고
노래를 부르는가

오백년을 살았다는 연리지에 손을 대면
마음이 시간을 넘어 영속할 수 있다고 적혀 있었다
연인은 서로 깍지 낀 채로
아이는 올라타려는 듯이
노인은 기도하듯 눈을 감고서
각자 저 오래된 나무에 손을 대고 있었다
그래서 나무의 흉터는 사람의 신체를 닮은 모양이었다

나무들은 어떤 약속을 아직 하는지
대체 어떤 마음이 서로를 붙인 채로 오래 살 수 있게 하는지

누군가 돌아오는 시간
그것을 아는 지금

내 어두운 화단에 불을 켠다

식물을 사는 마음과
식물을 기르는 마음의 차이
아니, 식물의 넓이를 상상하며 공간을 고르는 마음의 의미

코팅이 벗겨진 화분 앞에서
손금을 들여다본다

나의 빛
나의 흙
나의 식물

나무가 잎을 틔워 하늘을 문지른다고
구름의 모양이 정지하지는 않겠지만

손이 자라도록
손을 심는다
세상과 할 수 있는 악수가 한번뿐인 사람과 오래 사랑하려고

서른

불타오르는 사람에게 물었다
당신이 어떻게 숲을 지날 수 있었는지

발자국마다 새카맣게 길을 들키고
손 닿는 것 전부 망가지지 않았습니까
도망치지 않았습니까
흔들의자가 놓인 마당과 처마가 높은 목조건물에서
누군가와 자식을 낳고 온화한 리트리버 한마리 기르며
요리를 할 땐 음식이 너무 익어버리지 않았습니까
어떻게 오셨습니까
오면서 다치거나 다치게 만든 사람은 없었습니까
덕분에 견고한 비밀을 감당하지 않았습니까
그마저도 태웠습니까
남은 건 무엇이고 남지 않은 건 무엇입니까

그는 말없이 창밖의 낙조를 바라보았다
하늘이 태양을 닫고 있었다
다 식은 커피잔을 쥐면 금방 김이 올랐다

불이 붙은 채로 사랑할 수 있었습니까

그는 자그맣게 숨을 쉬고 있었다
최소한으로 살겠다는 듯이

받아들였습니까
바다로 들어가 전부 재가 되어보지 않았습니까
살아도 괜찮은 건지 물어보았습니까
떠나는 사람들에게 악수라도 할 수 있었습니까
당신이 울면 눈물 대신 증기가 피어오릅니까

한마디도 하지 않던 그가 자리에서 일어나며 말했다

누군가와 마주 서야 할 때
바람을 등지고 서지 마세요
모든 풍향으로부터 숨겨달라고 하세요

그는 나의 늑골을 열고 사라졌다

지켜달라고 하세요
그렇게 하세요

먼 숲이 초록을 반복하며
새떼를 쥐었다가 펴고 있었다

용서하고 있었다

지금이에요

한번쯤 찾아오겠다던 사람이 온다던 여름에
사람은 안 오고
오지 말라는 일들만 다시 일어났습니다
서글픈 이야기는 아니고요

"살면서 가장 좋았던 적은 언제인가요?"
살지 않아도 될 때요

그렇게는 대답 못하고
곰곰이 생각하는 척하다가
그런 삶은 없었다고 대답했습니다
좋지 않았던 건 아니고요

무엇이든 더이상 반복할 수 없다고 확신했을 때
오월 햇빛 어디 안 간다는 사람 생겼습니다
그늘처럼 결혼했고요

작은 눈사람
만들어 올려놓던 집 앞 깨진 연석

여름에는 빗물의 항로가 되는
거기 미리 가을처럼 걸터앉아서

이미 왔던 날들만 떠올리거나
오지 않은 날들을 두려워합니다

외톨이는 선량합니다
그러나 제가 아는 사람들의 경우이고
제가 모르거나 정말 아무도 모르는 외톨이들은
그들의 심성을 확언할 수 없습니다

나의 친구가 당신을 증오한다면
그것은 나의 미움이기도 할까요
필요한 일일까요

여름일수록 그림자는 조금 더 작고 어둡습니다
백색에 가까운 빛 속에서는 누구나
자신을 망가진 필체로 적어두고 있습니다

온다던 사람이 있었습니다
그래서 다시 쓰기 시작했습니다
곰곰이 생각하고 일어난 일입니다

민들레가 떠돌고

오늘은 세상이 환절하는 날

외투를 떠난 사람들이
저녁마다 캄캄한 옷장 속을 생각하는 날

날지도 못하는데
떨어지는 표정은 하지 말자

올해는 장마를 줄까
지난겨울 추위의 주머니 속에
빈손만 찔러 넣고 있었던 하늘은

저기, 분수대가 빛을 쌓는다

기분은 살이 아니므로
꼭 깨물어 흘린다고
피 같은 걸 증명할 수는 없겠지만

생활의 반복이

영혼을 거듭하는 일이
아니라는 것

겨우 여름,
마음은 어두운 밤에도
그늘에 앉아 고양이처럼 살이 찌겠지만

때로는 갑작스럽게
옛집 대문 앞에 서서 길을 잃듯이

전부 알게 되겠지만

적운을 두고

아무 일도 일어나지 않았다.
그와 하던 체스판은 조각났다.

생애 첫 비행기에서 하늘의 윗면을 보았다. 구름에 살고 있다는 사람들을 만나고 싶었던 어린 날, 이불 위로 뛰어내리는 연습을 하던 날은 지금까지도 착륙을 제공하지 않는다. 영정으로 사용할 사진을 미리 골라두었다던 그는 배경으로 사용할 새파란 하늘을 찾아 너무 많은 여행을 했다. 내내 기쁨이었다고, 시간의 밝기를 증명하고 싶다는 듯, 조문을 하려면 하늘로 오라는 듯, 컬러사진 속 그가 웃으며 손을 흔들 때마다 그의 뒤로 밝은 구름이 자라고, 넓어지고, 하늘은 점점 파랗게, 파랗게, 파랗게. 애도는 흑백으로 접혀 부의함 속으로 떨어진다. 식장을 빠져나온 사람들이 기분에 색깔을 입히려는 듯 필사적으로 서로의 목소리를 주고받는다. 우리 없이 빛난 아침, 고양이들의 우정을 훔쳐 들으며 하는 천변의 모든 산책, 발이 푹푹 빠진다. 숨은 언제 안개가 될까. 땅이 별의 표면이라는 건 공공연한 비밀, 생은 인간의 영토가 될 수 없다. 빛과 어둠이 만든 윤곽은 물체만의 고도가 아니다. 어디서나 살고 있겠다는 말은 어디서도 살고 있지 않은 것. 그렇게, 단단하고 높게 선 하얀 구름이 이번 판은 전부 끝이 났다는 듯 내 그림자를 밟고 올라선다.

충돌 지점

시간의 살은 언제 갈변하는가

읽으려던 책 말고
읽었던 책이 불쑥 책기둥 복판에 끼어 있을 때
잊었던가, 잃었던가
하물며 저기
어느 날 영혼의 앞뒤를 바꾸었던 문장이 있었는데

그저 그렇게
처박혀 있는

고속도로를 달리는 트럭에서 빠져나온 종이컵으로도
따라오는 차의 앞 유리창이 깨지듯

울지 않고 웃으면서
조용히 빛을 씹던 자들의
이빨 자국 모여드는 밤이 있다

현생과 전생까지 순식간에 끌려 들어와

박살이 나는 찰나가 있다

날개와 허공이 마찰하는 부분은
공중의 어떤 곳을 망가뜨리는가

운다

혼자이면서
혼자로 두지 않으려 했던 사람은 얼마나 두려웠나

통증 없이도 이토록 멍들 수 있는가

나의 실패
날개 달린 것들

여름과 매미
평범한 짝꿍
이제 짐짓 아는 체하는 일에 지쳤어
여름이고 다 자라버려서 매미가 울고 있을 뿐인데
거기서 비의와 교의를 찾는 일 따위

매미가 우는 일에
매미처럼 울지도 못할 거면서

통곡은 몸에서 멀고

늦은 오후, 흑색 도시는 매연으로 부풀어
사람의 마음에 기관지를 달고
금방이라도 터져 나올 게 있다는 걸
틀어막아야 할 검은 입가가 있다는 걸 알게 한다

어디를 가려야 할지 모르는 사람들은
대충 눈을 감고 팔짱을 긴다
길인지 굴인지 모를 갱도의 각도로

자신을 접는 방식으로
지하철이나 버스에 앉아 퇴근을 하고

너는 높은 곳으로 갔다

나약하고 조악한 사람
우리가 조금 더 어렸더라면
손에 쥐여줄 지폐와 동전을 가지고 다녔을 텐데
잡동사니 하나 없는 호주머니가 미래적인 것이라면
더 먼 미래에 갑자기 떠나가는 사람에게
황급히 무엇을 꺼내야 하나

주머니 대신 주머니가 되는
그런 게 미래의 아름다움이라면
아아, 이제 그만할래

골목에서 비스듬히 돌담에 기대
네게 하고 싶은 말, 문자메시지를 적고 있는데
하필이면 발밑에 매미가 죽어 있다

새카맣게

날개를 접으면
양 문으로 닫힌 관이 된다는 걸

여름의 모든 바닥,
네가 높이 갔으므로
이 말은 너에게 하지 않기로 한다

백혈구가 필요합니다

원심분리기 속에서 회전하는 피를 본 적이 있다

사람을 흙과 물로 만든 자가 있다

몸이 고속으로 두근거린다면
전생의 증오 같은 걸 축출할 수도 있을 것

사람은 결단코 투명하지도
얇게 부스러지지도 않지만
약봉지처럼 찢고 털어 먹는 선천적인 자여

가령 오늘, 이런 말들

"어머니를 살려주세요
백혈구가 필요합니다"

사람의 머리통을 앗아 가서
메밀 베개처럼 수확하는 자에게로 가
모든 피를 뽑아 오고 싶다

그의 혈액형은 모두에게 알맞을 테니까
전부 주고 싶다

죄인들의 무도회
열두시가 되면 허겁지겁 구두를 벗고
춤이 아닌 곳으로 모두 뛰쳐나가겠지만

팔목 깊은 곳까지
빼곡하게 박혀 따라오는
손톱자국

풍선으로 만든 천국

거기서 태어나지 않은 사람 손바닥에
손금을 적어놓고 싶다

시간이 신의 둔기라는 것

바늘이 있어도 줄 수 없는 피를 만들었다는 것

유년

목발을 짚은 적 있다
언젠가 한번쯤 부러진 날이 있었다는 것

그때, 집으로 돌아가며
망가진 건 길이 아니라 나라는 걸 알아채곤 했다

그림자에서 찌그러진 양철 소리가 났다
어둠 밑에 누가 살고 있는지
빗방울을 받으려 내민 작은 손을 보았다

슬픔이 외골격인 사람은 되고 싶지 않았다

밤마다
책상 밑에 쪼그려 앉아
나는 왜 늘 지붕이 하나 더 필요했는지 생각했다

방문을 조용히 닫을 줄 알게 되는 게
어른의 전부였다
그대로 있게 하고 싶었다

나의 차례

난간을 의자로 삼던 시절
발을 딛고 앉은 자리마다
떨어지는

있지

옆 건물에 고양이들 살았다
신이 밑창을 찍어놓은
단층 그 집, 슬레이트 지붕 위에서
볕에 등 굽던 세마리

나는 봤다

고깃집이래
돼지의 살을 뜯고 뼈를 팔며
그 앞 골목 눈길 위로
하얗게 꺼진 숯과
불량한 살점을 모조리 감추던

고양이들 거기 사는데
아무도 모른다

함부로 지탱하고
없었던 듯 떠났다가
있었던 듯 돌아오는

지붕을 거처로 삼은 짐승
누가 줄 수 있는 천장 따윈 없겠지만

언제까지 살아야겠니, 그러자
저마다 대답한다

시간의 모든 소나기를 맞으라
얼룩일 뿐, 모든 것
기분의 혈흔을 혓바닥으로 문지르며
젊음 따위 끝없이 옅어질 때까지
외연에 뭉친 사람의 냄새를
전부 핥아 뱉을 때까지

어느 날부터
보이지 않는다

마침내 뛰어내릴 뻔했다

혹시나 싶어
조금 위로
올라가보았다

여기보다 높은 곳에서
누군가 자꾸 발목을 흔들며
눈가가 그을린 채
나를 본다

어쿠스틱

한사코 밀폐된 줄 알았으나
사람에게 하고 싶은 말 남지 않았으나
그렇게 기대앉을 혼자만의 방이라는 건

기쁨의 작동음을 들어본 적 있어?

벽이 얇다는 것
윗집에서 생일 파티가 열리고 있다

아이들이 맥박처럼 뛴다
주머니에 가득한 동전처럼 말한다

유년의 임무란 세상의 전부를 놀이터의 부피와 포개는 걸까
누구나 한때, 계절의 속력을 스스럼없이 좋아하던 때

저 방과 이 방을 질주하며
집을 이해하지 않는 것
쿵쾅거리는 생명을 감추지 못하는 것
숨을 크게 불며 감정의 피막을 부풀리는 것

우리 그때
누가 먼저 손을 놓고 뛰기 시작했을까?

옆에 없었어

내가 만든 벽에 등을 대고 앉으면
내가 만들지 않은 발소리만
온몸을 돌아다닐 때

알아,
음악이 되는 법
시간이 왜 사람을 두드리는지

우는 일과
울리는 일
하나의 몸에서 동시에 가능할 때

걸터앉아 어깨를 떨군 자세로

자신의 면적을 끊임없이 타격하는
카혼처럼

여기 있을 때

악마적으로

세상이 모든 말에 면사포를 씌울 생각이므로 원치 않는 혼례를 준비해야겠습니다 그러니 순하고 악랄한 이여, 마음은 예물이 아닌 제물이 되어야겠습니다

어릴 적 불던 장난감 나팔의 음계를 기억하십니까 휘파람을 잘 불던 어른의 입술이 갖고 싶었습니다 로망스는 고작 일곱개 온음인 줄만 알았는데 반음을 낼 수 없던 그때의 우리는 흉내 낼 수 없는 노래였습니다 어른들이 어른이 되면 가르쳐준다던 로망스는 로망스가 아니었다는 걸 나중에야 알았습니다만

신화적으로, 세계의 피조물 중에 신의 혈액을 물려받지 않은 자는 없다는 말, 가장 초라한 영웅부터 위대한 악당들까지도 전부 성배를 마시고 태어났으므로 그들이 가진 신비의 합이 우리에게 있다는 말

세상에 천사가 너무 많아져서
모두가 천국의 말을 한다고 합니다

당신도 뺏고 싶은 게 있습니까?

태초의 사탄은 고작 변심했을 뿐이었는데 종에서 박탈당
했다고 합니다 자신의 방향을 스스로 결정했으므로, 당신이
저를 미워합니다

갖고 싶은데
거추장스러운 부분을 발라내고
그러면서 비난받고 싶진 않은 거라면

나는 당신에게 주워달라고 한 적이 없습니다 주워서 씻겨
달라고 한 적이 없습니다 씻기고 밥 먹인 다음 말을 가르쳐
달라고 한 적이 없습니다 그 말로 당신에게 사랑을 속삭이
려고 한 적이 없습니다 그러자 당신이 나를 버려도 된다고
동의한 적이 없습니다

손을 내민 자가 누구입니까
손 내밀기 전에 손의 섬섬옥수를 먼저 내보이는 자가 누
구입니까

달라고 하는 마음이 대체 누구의 것입니까

당신의 반대편에 있다는 이유만으로
내게 불과 뿔이 자라는 걸 보니
당신은 당신만의 것인 모양입니다

과연 천사는 혼자 있을 때
날개를 뽑고 빈 구멍을 닦긴 합니까?

그저 휘파람을 잘 불고 싶었습니다
창살 사이 얼굴을 구겨 넣고 교도관을 조롱하는 무기수
처럼
로맨스가 아니어도 말입니다

무사

칼을 바치는 사람으로 자라고 싶었다
날카롭게 쪼갠 마음을
안쪽에서 바깥쪽으로 난도질하는 자가 할 수 있는
불투명한 윤리라고 여기며

기도는
베기 직전의 살기와
베이기 직전의 결기로
눈매를 가늘게 조인 채
시퍼런 날을 막아내는 순간적인 두 손

표적이 되어본 자들이
자신을 자신에 대한 잔상으로
헛것으로 말하며 스스로의 윤곽을 뭉갤 때

불현듯 동화 속에서 볼 법한 장면이 생각나는 것이다

무릎과 무기를 바쳐 왕족의 편애를 얻었던
쇠를 입은 병사가 되어

끝도 없이 살아갈 자리가 아니라
끝내 죽을 자리로 투신하는 것

자신의 전쟁을 꺼내
주군의 주머니를 지키며
단 하나의 나라에서 살아가는 것

침묵을 나팔로 삼은 불가결한 침략자가 되어
평화의 내부로 흑마를 몰아가는 것

그러나 무사하였다
그래도 무사하였다

오늘도 내일도
저들의 목을 가져오고
너의 피를 두고 오라 하는 자도 없이

고층 빌딩 유리창이 튕겨내는 빛에도
한낮, 목숨을 질끈 감으며

지나가고

새로운 공기, 어떤 아침

햇살의 온전함을 누리기 위해

피 맺힌 저녁을 끌고 들어와

정성스럽게 씻기고 옷을 여민 뒤

몇숟가락 끓인 밥을 넘기는 일을 하지 않아

먼 데까지 가는 사람을 따라

단추와 주머니가 많은 코트를 입어본 적 있었지만

출발하지 않는 열차에 올라

눈을 감고 좌석에 몸을 묻은 채 기다리지 않아

어디선가 부르는 이름에 돌아보는 일

내 이름 아니더라도

누군가 부르고 있는 사람, 나 아니더라도

한번쯤 발을 멈춰 돌아보고 싶은 일

그렇게 망설이지 않아

불행을 기웃거리면서

발가락을 찧기만 해도 엉엉 우는

희극도 비극도 아닌 애매한 연극 속 배우처럼

싱거운 유머처럼

마음 같은 건 이제 들여다보고 싶지 않아

우산 속의 불투명한 자들은 모두
기억의 하부로 떠내려갔다
이제 너와 같은 문을 열지 않아
하나의 그림 앞에서 다른 말을 하는 것처럼

모든 날이 지나서야
뭔가 아는 듯이
웃었지만

마지막 빙하

비누가 녹고 있었던 건
오랫동안
손이 돌아오지 않았기 때문입니다

욕실 벽과 바닥 경사를 따라
하얗게 말라붙은 길

얼음으로 덮여 있는 세계의 극점처럼
이 집에는 협곡이 생겼습니다

한숨을 돌리면서
이제는 가파르지 않은 영혼의 턱살을 주무르며
모든 게 다행이었을지 모르지

좁은 샤워 부스와
그 안에서 부서지는 전망
거울 속, 끊임없이 뭉개지는 인간

이제 모든 걸 돌이킬 수 없다고

구원 없이
기상학자도 우는 날이 오고야 말았는데

북쪽이 사라진 세상이 곧 오리니
영원히 미끄러질 것

비누처럼
녹고 있었던 건
돌아오지 않았기 때문입니다

돌아오지 않은 것들에게
돌아올 수 없는 길을 만든 것입니다

넘어집니다

사람의 모든 욕실에서
사람의 모든 무릎이 모조리 깨질 때까지

참회의 고백과

청혼의 모양이
같은 무릎을 사용한다는 것을
알 때까지

죄와 사랑은 혈흔이
무색이라는 것

문을 열겠지만
나는 없습니다

당신이 미끄러질 차례입니다

제 2 부

몰래 가져오지는 않았지만 목숨을 돌려주고 올게

외면하는 기쁨

가구의 각도를 기억하는 사람은
혼자라는 말

없는 동안에도
이 집의 모든 모서리를 문지르고 간
햇빛이 있었겠으나

모든 게 그대로
왠지 안심이 된다

때를 놓친 분리수거
도시는 재활용을 발명하고 행복했을까

살은 삭혀서 가축의 사료가 되고
뼈는 따로 모아 태워 보낸다는데

나도 앉아서 다음 순서를 기다려볼까

언제나 없었던 사람이

이제는 없겠다고 말한 저녁

이별 대신 야근을 하고 돌아와서
한마리의 통닭을 부르는 건 우습지만

그러니까 나는 오늘
오늘의 밥을 씹으며
하루의 뭉친 힘줄을 모조리 삼켜야 하고
부드러운 증오를 가져야 한다

기름 냄새가 밴 이불을 덮고서
왠지 안심이 된다

독수리처럼
식탁 위의 가슴뼈를 배회하던 날파리떼가

내게 온다

별과 오목

방해하면서 진로를 설계하는 일이 너무 많은 걸 망쳤다

허무와 냉담을 인생의 화폐 삼는 자들은
돌을 던질 것처럼 속인 뒤에 판을 깨고

안대를 두른 무리들
실금을 그어가며 색을 수정하는

별은 여전히 다음 수를 둔 적이 없고
인간이 적어놓은 기보는 무엇을 공작하는가

빛에 놓인 사람은 어둠의 무게를 가늠하고
어둠에 잠긴 사람은 빛의 방향을 관찰할 뿐

어둠이 판이라면
빛이 알맹이가 되어 좌표에 놓일 것이고
빛이 공간이라면
어둠은 물체가 되어
사람의 모든 표면에 매달릴 것이다

붙들거나 버리는 일이 전부

묘수는 없다

주인공

이들은 대체로 아프거나
죽을 예정입니다

상실과 비극을 위해
연인이나
가족과 친구를 대신하여
끊임없이 최후를 맞이합니다

평온한 노후와 올곧은 생로병사는 밋밋합니다
그런 건 사람을 울리지 않습니다

눈앞에서
나의 입술 앞에서

사라지십시오

기껏해야
우리가 말할 수 있는 영원이란

퇴근하고 돌아온 식탁에서
빵과 고기를 구워 먹으며
오늘의 모욕과 내일의 다짐을 주고받거나
다 써버린 고춧가루와 소금과 다진 마늘을 걱정하면서

사랑이 먼저 씻는 동안
건조대의 마르지 않은 옷깃들을 손가락으로 비비며
우중충한 창밖을 걱정스럽게 쳐다보면서

토라져서 등 돌린 그림자에
몰래 뺨을 대고
미안해 잘못했어,
조곤조곤 속삭이거나 하는 일들

우리가 할 수 있는
고작 그런 영원이란
생명을 초월할 순 없겠지만
평범하게 아득한 일입니다

이 영화는
영화가 되기 위해 누군가를 버렸습니다

사라지십시오
그러면 아름답습니다

매일 살고 다시 슬픈 우리는
모두가 주인공이었던 것입니다

버스

나도 없고 너도 없으면 안 될까
시간을 취소하고
출생이 있었다는 자각도 없을 만큼
그렇게 생각한 적 있어

서늘한 물빛
세상을 풍경처럼 창에 띄우고
내 얼굴 겹친 채로 흘려 보내다가
문득 눈을 질끈 찌푸린 순간

내부가 온통 진공이라는 유리병을 봤어
없음을 버티는 유리라는 거
저 속은 빛의 폐호흡만 남아 있는 곳
먼지 한톨만큼의 외부로
부서지는 곳

내게 웃어주지 마
제발

터널이 오고 있다
창문 속 마주치고 싶지 않은
얼굴

관자놀이에서 관자놀이로
어둠이 빛을 격발하고 있었지

처형과 구원
자꾸만 죽는 걸까
기어코 사는 걸까

누군가 나를 처벌하면서 계속 실패하고 있다면
그것이 그의 슬픔이라면

미간에 가만히 손가락을 갖다 대고
여기, 여기야

터널 끝
쏟아지는 한낮

처음으로 태어났는데
이 세상 모든 불빛,
저승의 조도를 이미 알고 있다면

분장술

세상 같은 건 더러워 버리는* 거라며 금방이라도 목숨을
치울 것 같던 사람은 여전히 살아서 무슨 상 같은 걸 받았다.
조금 더 나이가 들면 이제 상 같은 걸 주는 사람이 될 거라고
했다. 세상이 그를 사랑하자, 그는 주위를 살피며 내게 몰래
품에서 유서를 꺼내 보여주었다. 거기에 적힌 말이 무엇이
냐 묻자 그는 누구보다 무해한 미소를 지으며, 보이지 않냐
며, 도시를 삼키며 지하로 매몰되는 낙조를 가리켰다. 나는
텅 빈 백지를 본 것도, 파쇄된 구름을 본 것도 같았다. 그는
거기서 흘러나온 붉은 것들을 급히 제 손과 얼굴에 바르는
시늉을 했다. 너도 하겠냐는 듯이 나를 보는 눈빛엔 점액질
이 가득 끼어 있었다. 검지로 콕 찍어 뺨에 한줄 그었다. 그
는 만족한 듯 무해하게 웃었고

육체로 싸우던 시절의 전사들은 용맹을 증명하기 위해 가
장 잔혹한 맹수의 가죽을 뒤집어쓰고 그 피로 야만의 주술
을 피부에 그려 넣었다. 신체의 일부를 주기적으로 뚫거나
자르며 폭력이 닥치기 전부터 평온을 물리치고 전투를 머물
게 했다. 그것이 사람과 죽음에게 공포를 일으켜 자신을 섣
불리 찾아오지 못하도록 한다고 믿었다. 그들은 늘 그림자

가 가장 크게 보이는 언덕을 알고 거기 섰다.

그는 돌아서서 태양을 향해 갔다. 역광 속에서 점점 작아
지는 실루엣이 쏘기 좋게 그려진 사격 표적 같기도, 저승에
서 잘못 반사된 짐승의 신기루 같기도 했다. 눈을 비비며 마
른세수를 할 때마다 끈적하게 지워지는 표정과 포개지는 표
정이 매일 달랐다. 유리와 금속으로 만들어진 이 도시는 칠
할이 거울이다. 어디를 보아도 내가 그였다.

* 백석.

파반느

우아한 둥지 같았죠 서로 껍질을 부딪쳐 금이 난 곳 서럽게 쪼아 고개를 내밀고 덜 마른 깃털 입으로 불고 모자란 울음은 내 울음 보태서 같이 울며 한평의 어둠을 두평의 그림자로 덧칠하며 오지 않는 어미와 주린 배를 원망 대신 낭만으로 채우던 우리는 대체로 선하고 가끔 악한 것들이었죠 성숙한다는 건 떠나기 전에 돌아오는 법을 먼저 아는 일이었나요 떼를 짓는 습성은 약자들의 무술이라면서요 홀로 가다가 하늘을 가르듯 번쩍 터져 죽는 게 모두가 도달하고 싶어 하는 무덤이라면서요 듣지 못할 말을 하면서 듣지 않는 자를 슬퍼하기에 우리는 부러진 십자가를 목에 건 망가진 선지자들, 사랑이 떠났다는 말은 참을 만하지만 사랑을 잃었다는 말은 텅 빈 지갑을 훔치다가 걸려 손목 묶인 자의 변명 같고 살다보니 주변 사람들 죄다 죄인이 되어가는 도시에서 눈물 닦는 일과 얼굴에 튄 피를 닦는 일이 구별되지 않을 때 줄곧 겪던 환몽에서도 수갑을 차고 나오는 자들은 어쩌면 돌아갈 곳이 없어서 돌아다니고 있을 뿐이 아닌가 하는 그런 날, 내가 없는 곳에서도 없는 나와 춤을 추는 당신에게 더 이상 잘라줄 팔이 없는 그런 날이 왔고요 그러나 여전히 당신을 보며 웃는 까닭을 나도 몰라서 공중에 매달린 방에서

무언가 기다리는 듯 허공을 보면 수많은 별, 우주가 빙글빙
글 마찰하며 매일 가루처럼 부서지는 모습 저게 샹들리에로
보이나요 나와 당신이 하는 일은 무도가 아니고 기념할 시
간은 더욱 아니고 왕이 되거나 되지 못한 자들은 서로의 식
기에 독을 떨구려고 비밀스러운 소매를 만지작거리는데

　여기에 없기로 합니다
　사랑을 알아요
　이제 내 발을 밟지 마세요

습관

버리기 전에
작게 접는 습관이 있다

그것들이 부풀거나
삐져나와서
뚜껑을 열었을 때
버렸다는 사실을 다시 발견하고
기억까지 마저 버리지 못할까봐

어제는 오래 살던 집을 반으로 접었다
오늘은 이 동네의 모든 골목들
꼭 밟고 지나가던 깨진 연석과
가로등 불빛을 햇빛처럼 받아먹던 들풀과
고양이들의 지붕이 되던 버려진 소파도 접는다

사람을 접은 적은 많다
차라리 쉽고 얇아서
여러번 접었다

원망을 들을 용기는 또 없어서
아주 멀리서 접었다

웃음이라는 표정은
얼굴을 많이 접어서 만든다

서툴게 웃는 사람을 보면
빈 주머니를 찾는다

한밤중 불 꺼진 방의 천장에
야경의 불빛이 깜빡인다

무언가 내게
점을 찍으며
점선을 긋는다

이제 그만
고민하지 말라고 했다

미로

미끄러운 손을 가졌지만
아주 빠른 직감을 지녔습니다
부서지는 것,
예감은 공포를 입고 있습니다

그러나 너의 아픔

꿈꾸던 목장에는
여린 풀을 고르는 양떼의 콧김과
첼로를 연주하던 등받이 없는 나무 의자
멀리, 나부끼는 이국의 파란 깃발
젖은 신발을 말리는 작은 벽난로가 있었겠지만

눈을 뜨면
밤이 밀려옵니다

목적이 없는 연락은 왜 이렇게 어려운지
몇번을 썼다 지운 글자들이
손톱 밑을 새카맣게 물들일 때

영혼을 강요하고 있나요
누가 누구에게 미궁을 베풀고 있나요

악의가 없다는 말에서 악의를 느낄 때
우리의 푸른 초장(草場)은 모두 불탔습니다

이제 그만, 인간의 입구를 닫겠습니다
이곳을 넘어오지 마십시오

저 멀리, 집을 떠나 걷는 사람의 그림자는
어두운 칼이 되어
길 위를 계속 긋고 있었습니다

끝나지 않은 것입니다

거울 열상

살을 돌아다니는 날카로운 조각을 안다

거울이
방바닥으로 넘어지며
깨진다

빛의 예각은 흉기가 될 수 있다는 것

어떻게 치워야 할까
나를 치워버리는 게 빠를까
뒤집어 담고 있던 모든 것

두꺼운 양말을 신고서도
서툰 직립이 내가 가진 유일한 처세라면

멍하니 들여다본 조각 속에는
절반도 남아 있지 않은 사람의 형체가 있고

저게 영혼이다

침대 위에 던져둔 휴대폰이 울린다
황급히 방문을 닫고 서서 누구도 들어오지 못하게 한다
아무도 없겠지만
아무도 없다고 믿고 싶지 않았으므로

망가지는 순간이 아니라
망가졌다고 생각할 때
전부 망가지는 것

얼굴에 금이 간다
마른세수를 하다가 손을 베고

우는 사람의 우는 자세는
부서진 잔해가 떨어져 나가지 않도록 감싸 쥔 형태

내가 가진 빛은
손잡이가 없어서
치우려고 줍는 사람을 먼저 찌른다

밥이 잘못한 적 있습니까

2022. 10. 29.

밥이 잘못한 적 있습니까.

불 꺼진 늦은 밤 돌아오는 부모를 가져본 적 있습니까. 현관 열리는 소리 들릴까 내내 잠들다 깨다 선잠 같던 시절 있었습니까. 눈 비비며 어렴풋이 식탁으로 가 작은 전등 아래서 양푼에 찬밥과 반찬을 비벼 먹는 엄마 옆에 숟가락을 들고 앉았습니다. 어린 입이 먹기에 너무 매운 날들의 밥을 퍼먹다보면 쉰내 나는 오이지가 숟가락 위로 섞여 올라올 때 있고, 엄마는 먹지 말라며 숟가락으로 숟가락을 막고 오이지를 골라 먼저 먹었습니다. 먹다 말고 가위로 나물 반찬의 엉김과 어린 눈의 불안을 함께 잘라 먹기 좋게 했습니다. 그렇게 야식은 행복하고 유일한 것이어서, 안방에서 부모의 코 고는 소리를 들으며 어린 귀는 차곡차곡 살이 찌기 시작했습니다. 늦은 아침 눈을 뜨면 엄마 대신 놓여 있는 식탁 위의 큰솥, 어제 먹었던 카레를 다시 먹으려 숟가락을 들었다가 그 속으로 숟가락을 빠뜨립니다. 가라앉은 숟가락을 꺼내려고 손가락을 냄비 속에 집어넣던 어린 손은 식탁을 자주 어지럽혔고, 어느 날부터 식탁을 떠나고는 했습니다.

밥이 잘못한 적 있습니까.

늦은 밤 현관을 열면 방문을 닫고 황급히 불 끄는 자식을 가진 부모가 된 적 있습니까. 설거지를 마치고 수저통 속 물 맺힌 숟가락의 무수한 실금들을 들여다본 적 있었습니까. 퍼올리고 깨물고 뱉은 이빨 자국, 빛나는 악다구니, 내 숟가락 닳아가는 자식의 숟가락을 보고 새 숟가락을 사서 돌아오는 저녁이 있었습니까. 헌 숟가락 차마 못 버리고 깊숙하게 넣어둔 찬장을 자식의 첫 외박 날에 열어본 적 있습니까.

밥이 잘못한 적 있습니까.

가는 애들 밥 한끼는 먹여야 할 것 아니냐며 골목에 밥상을 놓다가 울어버린 사람과 그 밥상 위에서 가파른 골목보다 더 가파르게 기울어져 쏟아질 것만 같은 사발 속의 국물을 본 적 있습니까. 세상은 그토록 평평한 밥상입니까. 그래서 그보다 먼저 쏟아지고 아직도 쏟아지는 사람 같은 건 쏟아진 적 없다는 듯 보이지 않도록 하루빨리 닦아버렸습니까.

밥을 끊는 결심이란
생명이 생명이 아니라는 말이므로.

대체 무슨 잘못을 했습니까.
숟가락 대신 손가락을 들이대며
우리는 왜 작은 영혼으로 거대하게 배부릅니까.

좁은 입술을 실눈처럼 닫아둔 채로
어디를 어떻게 열어야
누군가는 영영 앉지 못할 밥상 앞에 앉아서도 아무렇지
않게 먹을 수 있습니까.

디어 마이 프렌드

네게 준 반짝이는 것들이
전부 유리였던 건 아냐

깨지고
찌르는

핏줄을 찢고
멈추게 하는

마이 프렌드,

햇빛의 세계에서는 누구나 그림자를 가져야 한다

별의 뒷면과 구름의 안쪽
바다의 심연과 바람의 내부

사람의 서쪽
영혼의 얼굴까지

　　　　　　　　　끝내 공평한 어둠을 갖길 바랐다

마이 프렌드,

봄이 여름을 열도록 두었다
겨울이 오기 전에
겨울을 알도록 가을은 가을의 일을 하게 두었다

사람이 살게 하려고
사람을 두었다

너를 위해 만든 세상은
너를 덮고
치우기 위해 만들지 않았다

그런데
무어라 불러야 할까

한번도 소원한 적 없었는데

온통 어두워진 너를

마이 프렌드,

사람의 방은 왜 모서리로 가득 차 있을까
너의 모서리는
어디에 두어야 할까

아무렇게나 어질렀던 건
너의 풍경을 결정했던 건

황폐한 은신처
활주로를 닮은 도주로

생존의 각도를 재려고
매일의 표정 위로
증오의 표면 위로
끊임없이 서툰 눈물 떨어뜨릴 때에

진정한 괴물은
사람을 잡아먹기 위해
이제 숨지 않는다

그런 세상

창문 밖으로 손바닥을 내밀면
꽃잎처럼 내려앉은 빛

날아가지 않는다

모르겠지만
너를 생각해

마이 프렌드,

내가 감추고 싶었던 건
내가 버리고 싶었던 건

네가 아냐

네가 아냐

그들의 신

슬픔은 뛰지 않는 사람에게 오고
죽음은 뛸 수 없는 사람에게 온다

그렇다고
슬픔과 죽음을 주걱으로 휘저으며 만드는 혼합물을
미래라고 부르고 싶지는 않아

수면 위로 떠오르는 부표는
길을 맡는다

새들은
구름을 잡고 날지만
풍부한 육지를 둥지 삼는 종족일 것

비열하지 않은 말들일 것
함부로 가져오지 않는 말들일 것
여자도 남자도 아닌 말들일 것
조금만 훔치고 건들지 않을 것
육체가 아닐 것

되도록 정서에 가까울 것

날개나 헤일로는 그리지 말자
그려놓고 부수지 말자
너무 뻔해

어쨌든 나와 함께 있다고 말하기
네게도 주겠다고 말하기
그러면서 시간당 얼마라고 말하기
계급은 없다고 말하면서
가리키지 않고 가르치기
귀를 자르면서 듣고 있다고 말하기
착각도 취향이라고 말하기

잘은 모르겠다
신이라면 시를 쓰지는 않겠지
적어도 슬픔과 죽음은 없겠지

뜰 수도 없으면서 떠 있는 자, 누구일까

가느다란 순간

모든 파도는 육지를 향해 온다
부딪히는 쪽
사람은 내륙의 종족

허튼 오후였다
삶이 지나가 있었고
증빙해야 하는 서류 같았다
모두가 신이 난 것처럼
신이 여기 사는 것처럼
흔들리지 않는 것처럼
도시에 있었다

거리에선 하루에도 몇번씩
떠밀려와 눕지도 못한 채로 썩는 자들이 보였다

금붕어 한마리 키우지 않는 내가
어항을 받았을 때
여기에 나를 가두라는 것인지
당신이 갇혀 있다는 것인지

둥글게 찌그러진 얼굴로
서로를 마주 보자는 것인지

생각날 때마다
옆구리가 아팠다

부딪히는 쪽
부서지는 쪽

누군지도 모르는 사람이 나를 용서할 때마다
이마가
아가미처럼 조용히 갈라졌다가 붙었다

펫 숍

데려가요
울지도 않고 물지도 않아

투명한 곳이 제일 무서웠다

나 없이도
이불 속은 따뜻한지
양말을 잘 찾았는지
문이 어떻게 열리는지
그 하루에 피 흘린 곳 없었는지
돌아왔는지

울었고
물었다

데려가지 않았다

사육

그들의 걸음은 우스웠다 그들은 그림자로 걷는 법을 모르고 불쌍한 생명을 좋아하거나 좋아하는 생명을 불쌍하게 만드는구나 불길한 것은 늘 그들이었다 돌팔매질에 한쪽 눈을 잃어버린 너를 보며 하얀 트럭 밑에서 그들의 세상도 절반이 되길 바랐다 남겨진 발자국을 핥으며 그들에게 혀를 대면 무슨 맛이 날까 궁금하기도 했지만 높은 담장을 찾아 올랐다 거기서 잠이 들면 달의 각도를 따라 등뼈를 구부리고 복종을 감춘 영혼과 얼마든지 꺼내 쓸 수 있는 사막을 만들었지 *너는 항상 나의 다치지 않은 쪽으로만 손을 뻗는다 그러므로 나는 네가 보인다* 이것이 우리가 아는 사랑의 형태, 언제나 그들의 마을에서 울었다 하늘을 덮으면 꿈에서 자라는 검은 모래, 찰랑거리는 소리, 너는 바다도 보지 못한 채 언제 파도를 키웠나 멀리서 오더구나 커다랗게 자란 심장들이 그렇게 또 오는 것 같은데 괜찮아, 뚜껑을 열어젖힌 통조림처럼 나를 보지 마, 몰래 가져오지는 않았지만 목숨을 돌려주고 올게 다녀오면 우리를 외면했던 자들에게 기쁨을 주러 가자 아주아주 멋진 기쁨을, 우리가 숨겼던 건 삶이 아니었음을 말하러 가자

제 3 부

이 반복은 찻물이 마르고 나면 멈추겠지만

체리를 씻는 저녁

종이봉투에 가득 담긴 알갱이들은 핏빛이었다. 장마. 젖은 머리와 발을 털며 바닥에 찍힌 물은 발자국 모양이었고 길이 나를 따라 거실 바닥까지 들어왔다. 도시의 깊은 다정과 밝은 악수가 사라진 어느 날, 수몰되어 부서진 새벽처럼 현관 앞에 과일이 놓여 있었다. 아프지 말라는 쪽지는 아픈 사람이 보낸 안부. 검붉은 과일들은 눈물 모양이었다. 옷이 젖은 채로 개수대에 서서 한알 한알 꼭지를 딴다. 이 집의 모든 접시는 취향을 흔적으로 남긴 사람의 것이다. 집을 잃고 종이봉투 속으로 휩쓸려 들어온 실거미가 기어코 손등을 타고 오르다가 물줄기를 맞고 배수구로 떨어진다. 접시의 표면과 접시에 담긴 과일의 껍질 위로 빛이 유약을 바른다. 한알씩 주워 먹을 때마다 윗입술과 아랫입술 사이로 붉은 지평선이 타오르는 시간. 새콤한 건 많이 먹지 못하겠어, 혼잣말을 하고, 창문을 열고 두 눈을 마저 말리다가 돌아오니 탁상 위의 체리는 이미 없다. 싱크대를 나와 냉장고 문을 기어오르는 실거미가 있다. 자려고 누우면 잠시 동안 피가 도는 세상을 본다. 핏빛이 번지는 머릿속, 두알의 체리를 집어 가는 악몽은 차고 예쁜 손을 가졌다.

하나가 아닌 발자국

그의 개는 하나
하나, 하고 부른다

그가 말한 하나는
처음부터 하나는 아니었고

하나와 처음 마주친 겨울은
어쩐지 자주 미끄러웠다고 한다

그의 개는 하나
하나는 불러도 반응이 없다

탁자 위에 호두를 올려두고 깨 먹던 날에
하나가 그를 물었다

시간이 흘러 다시 한번
겨울을 만난 그와 하나는
조금씩 제대로 걸었다

어느 날 하나는 모르는 사람을 쫓아갔다
하나야! 하고 불러도 하나는 달려갔다

그의 개는 하나
모르는 사람이 하나를 껴안는 것을 보았다

그가 집을 떠나는 날
하나는 그를 향해 꼬리를 흔들었다

그는 낯선 동네에서 들개를 만났다

하나, 하고 부르자
그를 물었다

하나의 모양이
개였는지 고양이였는지 사람이었는지
기억나지 않았지만

그는 하나,

나를 바라보면서
하나라고 말했다

올드타운

열기가 생각까지 들쑤시고 있었다 하나의 기후를 저장한
몸이 타국의 햇빛과 싸우는 동안, 내 속의 여행이 녹는 것 같
아, 그늘에 가자, 그러자 자신이 사라질 것처럼 호들갑 떠는
사람과 하는 모든 일은 예쁜 미래 같았지만

늙지 않는 마을에서 젊은 우리는 소와 돼지의 내장을 곱
게 갈아 버무려 야채와 함께 바른 빵을 먹는다 이것으로 서
로의 내부가 곱게 섞이기를 바라듯 꼭꼭 씹으면 혼례의 순
서를 차곡차곡 체험하는 일이라 여기고 땀 흘리는 나와 땀
흘리지 않는 너의 질서는 내가 쫓아가고 네가 기다리는 방
식, 골목을 만든 상점들은 고깔을 닮은 밀짚모자를 판다 뒤
늦은 내가 땀을 닦느라 모자를 눌러쓰고 밝아진 너를 놓치
고 네가 조용히 모자를 내려놓는 순간을 모르고

축제를 가진 사람들은 야시장으로 갔다 텅 빈 호텔 수영
장으로 녹은 밤은 가라앉기 좋은 곳, 가라앉지 않기 위해 좋
은 곳, 몸의 절반을 갈라 뒷면을 감추기 좋은 곳 그러나 너는
전부 앞면인 사람, 얼굴부터 빠뜨린다 숨이 힘든 너를 내가
가라앉아 밀면 떠오를까, 둘 중 하나만 숨을 쉬어도 될까, 간

신히 검은 물 밖으로 나온 너는 여전히 무언가 참는 표정을
하고 나는 물속에서 나오지 못한다 그 장면에서 우리는 움
직이지 않는다

　평화로운 회합소*
　밤과 잠영, 기쁜 도시
　그곳에 누가 살고
　나는 계속 들어 올린다

　한번 잡았다가 자주 놓아주었다

* 베트남 중부의 도시 호이안(Hôi An). 한자로 '회안(會安)'이라
　고 표기한다.

결혼

손가락과 손가락을 매듭처럼 묶은 채로
촛불을 나누는 것

어딘가 끝에 매달린 작은 불꽃 되는 것

어둠을 밝히다가
눈물 모양으로 흘러내리는 것
그대로 굳는 것
잔향을 남기는 것

거룩한 것
숭배하는 것
죽음 앞에서도 켤 수 있는 것
최후의 암전을 위해
찬장 속에 잠들어 있는 것

이어받는 것
그러나 회복할 수 없는 것

가장 가까이 갈 수 있는 불
심지가 없이는 탈 수 없는 불
끝내 소멸하는 불
물방울을 닮은 불

가장 좁은 발광으로
온 벽에 거대한 그림자들을 부르는 것

앞에 서서 진실해지는 것
납인을 녹여 붙이듯
영혼의 사실과 거짓을 접합하는 것

조용한 불
안전하게 위험한

꺼지겠지만
꺼뜨리지 않기 위해
온몸 다해 무언가 막는 자세로 사는 것

낮잠 속의 씨앗

어떻게 발라내야 하지?
먹을 수가 없잖아

네가 물었을 때
나는 마침 껍질을 다 깐 감을 들고 있었다
단감은 가을의 열매

칼을 들고서 과육을 쥐었을 때
절반을 가르면 되지
갈라서 파내면 되지

씨앗을 키우기 위해
식물은 잡아먹힐 궁리를 한다

곁을 부풀린 씨앗만이 열매가 된다
우리는 곁을 깎아내며 곁이 되겠지만

감을 다 먹고 소파에 누운 우리는
알 수 없는 계절에서 도착한 과일 같았고

함께 자른 단감은 씨가 없었다
중심에 아무것도 없었는데도
몹시 달았다

무릎을 베고
잠시 꾸었던 꿈속에서
얕은 오르막 벤치에 앉아
멀리서부터 점점 커지는 까만 실루엣을 오래 보았다

가까이 다가오는 중이었다
돌아오는 중이었다
부푸는 중이었다

세상의 모든 씨앗은 반으로 가르면
그 속에 흰빛이 들어 있으므로

나를 자르면 네가 나올 것 같다

다식

비가 오는 날마다
찻잎을 우리는 사람

찻잔과 다관이 체온을 가질 때까지
뜨거운 물을 끼얹는 차의 순서
침묵으로 마음의 목젖을 누르는
차의 도리

폭우 속에서
지붕은 자꾸만 얇아지는데
시끄러운데

세상은 순서도 도리도 없이

다만, 이건 말린 유자야
향을 돕고
혀를 북돋는
아주 얇게 나눈 열매의 조각

시간에서도 맛이 날까

가느다란 이쑤시개가 꽂혀 있었다
한조각 집어 먹고
한모금 마신다

이 반복은 찻물이 마르고 나면 멈추겠지만
빗줄기가 우리의 모든 표면으로 쏟아지는 동안

마주 앉아
빈 잔에서 오르는 김을 본다

바닥에 놓인 각자의 마른 그림자에
서로의 팔을 엇갈리게 꽂아 넣고서

너의 날개

새는 뼛속에 가느다란 공기를 저장한다
그것으로 뜨고
희박한 호흡을 해결한다

텅 빈 공중이 일으킨 수포를 단단하게 간직하는 일
작은 허공을 하늘로 돌려보내는 사람을 보면
두 손으로 말린 과일을 모아 건네고 싶다

너는 급히 돌아왔다

소식을 듣고도 눈물이 나지 않았다고
그가 떠났구나, 사실적인 현실이구나
하던 일을 잘 마무리하고 아무렇지 않았다던 네가
현관 앞에 마중 나온 나를 보고
울음을 터뜨린다
그를 사랑하지 않았던 거 같다고, 운다

깊은 미로 속에서
구름으로 만든 운명 속에서

밤의 살갗을 파서 만든
별을 따라 남겨진 추위 속에서

시간의 밑면과 윗면을 뒤집으면
추락했던 사람을 날아갔던 사람이라고 믿게 될까

거기서는 서럽고 저린 것들을 뒤집어볼 수 있나

너의 옷을 갈아입히고
검은 목도리를 둘러준다

추웠던 사람이 갑자기 따뜻한 실내로 들어가면
마음은 너무 한꺼번에 몸을 물로 바꾸며 녹는다

왜 너를 보고 울었지?
떠난 건 네가 아닌데

나는 알지 못한다
그냥, 네가 울면 나도 울게 돼

부서지지 않고
사라지지 않고
내 속에 잘 가두고 견뎌줄게

그날 이후,
가만히 앉은 네가 멍한 눈빛으로
세상을 바다처럼 칠할 때마다
나는 잊지 않고 네 뒤로 물러선다
너의 등에 갈매기 같은 비행을 그려놓고
그 위에 두 손을 펼쳐 포갠다

숲과 숨

바람 불 때
비자나무들은 서로의 계절을 문지르려고
어린아이 손가락 닮은 잎을 꾸며낸다죠

몇백년을 자라서도
손이 어린 나무들
손만 어린 나무들
신음 한번 내지 않는
관망
푸르게 질려

아무도 날지 않는 숲에서도
사각사각
햇빛 구겨지는 소리 나죠

숲에 들어간 사람들은 제 목소리 낯설어 숨을 낮추고
건조한 삶이 얼마나 아무것도 자라지 못하게 했는지
처음 코로 쉬어보는 사람처럼
숲 그림자에 잘못 앉아 묘목처럼 담겼다가

여기 아닌가, 여기 아닌가
울기도 하겠죠

소매를 내려 감춰도
팔뚝에 어룽거리는 빛
타국의 육지로 떠밀려 죽은
생선 비늘처럼 시들어갈 때

아, 그런데 나
무심코
사랑할 수 있는 일들만 사랑하고
용서할 수 있는 일들만 용서했는데
어떡하죠

바람 한줄기 없는데
사르르 사르르

누군가의 흉곽 속에
나 아직 있을 때

이 숨을 어디에 빌붙어 사라지게 할까

때가 묻는다는 것

오랜만의 대화였어. 바랜 말이었고. 안부는 서로의 잔액이 얼마쯤인지 확인하는 일 같았어. 사는 걸 들키는 게 어려웠어. 누군가에겐 단순한 일이 우리에겐 복잡했잖아. 돌아가는 택시 안에서 문득, 얼마 전이라면 그렇게 말하지 않았을 텐데, 생각했어. 후회는 아니었어. 말하자면 호기심에 가까웠지. 네가 지금 알고 있는 것들을 언제부터 알게 됐는지 기억해? 시간이 외투 같아서 너를 만나고 돌아오면 기분이 가벼웠는데, 어째서 한겹 더 두꺼워지고 말았을까. *너는 때가 덜 묻어서 그래.* 신기했지. 비난과 변명이 섞인 위로라는 게 가능한 말인지 몰랐어. 너는 어디서 그렇게 온통 그을렸을까. 때는 바깥에서 오는 걸까 안쪽에서 오는 걸까. 몇겹의 불행을 더 껴입은 걸까. 문득 생각했어. 돌아가는 택시 안에서 말이야. 도시의 야경이 땅의 어둠과 하늘의 어둠 사이에 끼워진 토핑 같았는데, 운전기사가 갑자기 시작한 하소연이 그랬어. 자신은 너무 불행한 결혼을 했다고. 가족이 꼴도 보기 싫다고. 그러니 손님은 결혼 같은 건 절대 하지 말라고. 나는 차라리 한강에 뛰어들고 싶었어. 얼마 전이라면 정말 그렇게 했을 거라고 생각했어. 집에 도착해 내리려는데 문을 여는 내 뒤통수에 대고 기사가 꼭 확답을 받았어. 사랑하지 말라고. 혼자 살라고. 나는 요금을 냈어. 네가 말했지, 집이 언제 바뀌었냐고. 시간이, 시간이 불투명하게 귓가를 덮었어. 층계를 올라 현관을 열었지. 생각이 난거야. 얼마 전이라면 그렇게 말하지 않았을 텐데. 신발을 벗고, 미등 켜진 안방을 슬쩍 들여다보았어. 침대에서 새근거리는 그림자가 있었지. 화장실로 들어가 세수를 하고 변기에 앉아 칫솔질하며 생각했어. 너는 어디로 돌아갔을까. *나 이혼한다, 넌 잘살고.* 침대로 들어가 이불을 덮었어. 거기에 있는 사람은 잠시 눈을 떴다가 내 살갗의 모든 주름 밑으로 들어가 어둡게 눈을 감았어.

오전 미사

　이 성당*의 뜰에서는 가시 없는 장미가 자란다. 고원 위의 대성당은 세상을 버리거나 세상이 버린 자들이 머무는 곳. 오늘 속한 동양인은 둘뿐이었으므로 귓속말로 서로의 가벼운 기도를 묻는 일로도 깊은 암호를 만드는 일 같았고, 햇빛을 두껍게 바른 하부 성당의 밤나무 문짝에서 오래된 책 냄새가 났다. 이승의 일화가 아닌 듯, 화려한 벽화 속 거룩한 이야기들. 산 자의 장면이 천박하게 여겨질 때쯤 장의자에 미리 앉은 사람들이 노인과 환자에게 자신의 자리를 내주고 대신 섰다. 순서를 몰라 말갛게 뜬 젊은 동양인 둘에게 기어코 의자를 양보하는 서양 할머니와 할아버지가 있고, 거절할 말을 몰라 Grazie, Grazie, 의미도 모르고 고개를 끄덕여도 축성을 얻을 수 있나, (얼른 눈 감아) 눈꺼풀에 기도를 적는 척 구해야 할 말은 이제 없는 것 같은데 (그거 알아? 프란체스코 성인은 시인이었대) 명예로운 군인을 꿈꾸며 유년을 유복하게 지내던 자가 전쟁에서 돌아와 시인이 되고 사제가 되었다가 끝내 성인이 되었다는 이야기, 군인도 사제도 시인도 아닌 끝내 악인으로 죽진 말자고 생각할 때쯤 밀가루와 물로만 만들어진 딱딱한 빵을 나누는 시간. 신자가 아닌 우리가 신의 육체를 먹을 수 없지, 순례자들의 눈물을

관광하는 일로도 얇고 선명한 죄가 될까, 빠져나온 성당의
바깥으로 먼 지평선까지 무수하게 돋아난 마을이 보였다.
그는 욕망에 사로잡힐 때마다 맨몸으로 장미밭을 구르며 반
성했다. 그가 죽고 난 후에 그가 구르던 장미밭의 장미들은
가시가 자라지 않는다. 다른 곳에서 가시 달린 장미를 옮겨
심어도 어느새 가시가 다 떨어진 채로 남아 자란다고 했다.
(배고파, 밥 먹자) 식당으로 가는 언덕은 좁고 가파르고 가
장 높은 요새 밑에 있고, 오르던 길에 신발 속에서 따끔한 무
언가가 돌아다니며 발바닥을 찌르고 있었다. 세상의 모든
지붕 위에서 태양이 몸을 빨갛게 굴리는 일을 오래 하면서
조금씩 부서지는 구월, 영혼이 통증을 내내 어슬렁거렸던
이유가 생각날 것도 같았다.

* 이탈리아 아시시의 성프란체스코 대성당.

파수

정하지 못하고 있었다 누가 떠나는 게 안전할까 모든 짐
을 끌고 돌아다니다가 우리는 벽을 등지고 지키는 자세로
섰다 다녀오는 역할과 기다리는 역할을 정할 차례, 이방인
을 쳐다보는 타국의 눈빛은 무수한 금속성, 드넓은 대합실
에서 어깨를 부딪치며 밀려날 때마다 주머니를 움켜쥐다가
지쳐버린 지금은

여기 있어, 사라지는 너와 다녀왔어, 돌아온 너의 사이에
서 시간의 일부가 증발하여 만든 갈증이 외로움이라는 걸
알았고 먼 가게에서 서툰 말로 얻어 온 탄산수 한병을 나눠
마신다 입안에 쌓인 짭조름한 먼지의 맛, 시원하다 그치, 우
리는 계속 모르는 곳으로 가고

마주 보는 좌석에 앉아 열차가 흔들릴 때마다 알 수 없는
산과 호수가 마른 잠을 기대 자는 너의 옆모습을 문지른다
이제 곧 차표를 점검하는 승무원이 올 것이다 그 전에 슬며
시 다가와 여권을 앗아 가는 도둑의 손이나 묶어놓은 짐칸
을 흔들어 소동을 일으키는 불량배의 음모가 먼저 올지 모
른다 그러자 걱정하지 마, 모르는 풍경 위로 비치는 내가 아

는 눈빛이 한번 둥글게 구부러졌다가 다시 사라진다 나는
잠들지 않는다 내가 잠들지 않아서 네가 자는 동안

　이 일이 계속 반복되기를 바랐다 통로를 지나는 일, 삶이
여행을 모사하는 일, 불안을 주고받는 일로도 지속할 수 있
는, 할 수 있는 사람의 시늉이 이것뿐이라면 어딘가 도착하
지 않는다 해도 끝내 그럴 수 없다고 해도

12월 30일

그 겨울에
죽은 사람이 많았다

더러는 오래도록 천천히 아파서
살아 있는 자들이 저마다의 속도로 슬픔에 근접했으나
그중 일부가 다급하고 서둘러서
신발도 못 신고 현관 앞에서 넘어졌다

어제는 비행기가 추락했다

그날 밤의 어둠은
누군가 엉망이 된 요리를 황급히 감추려고
그릇 위로 서툴게 던져놓은 헝겊 같았다

불룩하고 구겨진

멍든 것처럼
어깨를 두드리면 자꾸만 우는 사람들

생일이었다
언제나 한해를 꼭 하루 남겨놓은 날이어서
그해의 슬픈 일들을 세다가
손가락이 모자라
당신 손가락까지 함부로 자르려 한 적 있었다

하얀 후회

오늘 평온은 짐승처럼 움직인다

흰 눈
아무도 걷지 않은

숨도
입김이 되어 허공에 묻었다가 사라지면
공중을 꿰매다가 녹는 실밥이 되는 걸까

종족과 무관하게
살아 있다는 단 한가지 사실을 위한 증거가 될까

독백을 잃어버린 사람은 쉽게 눈사람이 되겠지
녹겠지
흐르겠지

잠든 거리에서
잠들지 못한 사람에게 사탕처럼
함박눈을 건네는 계절

얼굴을 들어 하늘을 본다
거기에도 누가 있다면

아무도 걷지 않은 흰 공터를 보면
한번도 미워하지 않았던 게 아니라
한번만 미워하고 끝내버린 날들이 생각난다

발갛게 언 발을 주무를 때
네가 어딘가 차갑게 얼어버린 곳을 걸어왔다는 걸
아무도 걷지 않은 게 아니라는 걸

끝내 절반이 녹고 남은 외눈을 보며
왼쪽이야, 오른쪽이야?
질문했던 적 있다

가만히 서 있기만 해도
겨울은 추락하는 새의 고독을 알게 한다

벚꽃잎 흩날리면

조각을 주워주는
절실한 친구

나 아니죠

울음이 묻을까 피해 다닌 날들
당신 슬픔 지겨워
꼴도 보기 싫던

감정의 뒤처리라는 건
둔기를 감추고
바닥에 깔아둔 김장 비닐을 걷고
다리가 헐거워진 나무 의자에 올라
삐걱거리며
무언가 튄 벽지의 높은 곳을 닦는 일은 아니겠죠

이 모든 걸 어디에 묻어야 하나요
나는 가만히 무섭습니다

이맘때마다 길을 걷다 돌아오면
어깨에 연분홍 손톱 몇개
잊지 않고 묻어 있지요

끝내 농담뿐이던
한모금
피우고 나서 손가락을 튕겨
털고 버리고 밑창으로 밟아 끄는

그 봄에, 우리 정말 예뻤을까요

이제 이 방을 나가자

허무의 사도에게는 철저한 교리가 있지
하루에 열두번씩 종이 울 때마다 함께 울어라
피를 파랗게, 느릿한 단조 피아노 솔로곡을 켜고
식탁에 팔을 올려 이마를 짚고 억지로 먹는 자세로
툭툭 절망에 소금 간을 하여라
존재하는 자세로 존재하여라

그런 날 지났으니
이제 이 방을 나가자

부루마블 다섯시간쯤 하고 나면 알게 되지
탕진과 파산의 기쁨
주사위의 장난으로 패배하는 게 생이지
힘겹게 꾸린 영토의 건물들이 하나씩 사라지고
그저 텅 빈 땅을 지나가는 데에도 통행료를 지불한다
네게 줄 게 아무것도 없을 때
비로소 네가 나를 다 가졌다는 말

이번 판은 끝났다

이제 이 방을 나가자

철학을 짓고 사상을 건축하는 위대한 기술자들이여
세상을 땜질하는 방법은 어디 있나요
토네이도에 날아갈 듯 흔들리는
녹색 표지판 같은 이름들이여
인간을 재해로 분류하지 못한 이파리들이여

괴롭히던 기억은
당신이 스스로 잘못을 감추기 위해
질책과 변명을 했던 일이 아니었지
가는 곳마다 나를 팔아넘기고
소문을 입으로 불어 부풀리는 일 아니었지
당신이 그래도 된다고 믿게 했던
나의 연약함 서투른 체위
그게 매일 밤 나의 어설픈 흉몽이었지

여길 나가서 그걸 당신에게 줄게
받지 않으면 멀리서 던져서라도

어느 날 당신의 경치가 깨지면
내가 다녀간 줄 알겠고

이젠 알게 되었지
아무도 듣지 않는 곳에서도 노래하는 법
노래를 위해 노래만 생각하는 법
음악이 되는 법

그러니 커튼을 걷고 창을 열어둔 채로
이 방을 나가자

돌개바람 몰아쳐
그러모아둔 세평 남짓의 질서
좁고 하찮은 평화
모조리 망쳐버린대도

아프리카의 어느 부족은
관을 메고도 춤을 춘다
장송의 윤리란 충분히 보내주는 마음이 전부라는 것

다 주고 나니
주지 않아도 되는 일
포근해

너는 언제 파도를 키웠지

오후 두시의 티테이블
얇게 잘린 볕이 컵에 매달린 물방울을 핥고 있을 때
네가 잠시 목을 축인 거라고 알고 있을게

쓸쓸해서 못 견딘 바람이
바다를 밀어 발을 적실 때
그곳이 네가 자던 해변이라고 알고 있을게

구덩이를 파고 손을 담고서
그 위에 흙을 덮을 때마다
너 대신 자란 서늘한 그늘이라고
나무처럼 웅크려 물을 기를게

모르는 게 너무 많아
울상 하다가도
조금씩 전부 담아
평생의 이후가 이러했다고
소란스럽게 떠들러 갈게

너무 많은 말을 했는데
하고 싶은 말은 한 적이 없다

이 말을 끝내지 않으려고
다른 곳에 마침표

태양과 달을 천천히 지웠다가
다시 찍는 하늘에게

너는 왜 연필 하나 없이
쓰다 만 공책을 들고 갔을까

오늘의 빛방울을 포개려고 되살아왔어

성현아

해협을 떠다니는 산뜻한 보트와 즐거운 돛단배들이
내 눈에는 들어오지 않는다. 오직
어부들의 찢어진 어망만이 눈에 보일 뿐이다.
(⋯)
내가 시에 운율 맞춘다면
내게 그것은 오만이나 다름없다.
—베르톨트 브레히트 「서정시를 쓰기 힘든 시대」* 부분

서정시를 쓰기 힘겹던 시대를 지나 이제는 서정시뿐 아니
라 서정 그 자체까지 조소거리가 되어버린 듯하다. 타자와

* 베르톨트 브레히트 『서정시를 쓰기 힘든 시대』, 박찬일 옮김, 민음
사 2018.

의 감정적 합일은 허무한 시간 낭비로, 세계와 동화되는 순간은 비이성적인 치우침으로 쉬이 격하된다. 이러한 시대에 최현우 시의 화자들은 자신이 여전히 서정적이라는 데, 아니 서정적인 몸일 수밖에 없다는 데 환멸을 느끼고 있는 것 같다. 산뜻한 보트의 질주보다 어부들의 찢어진 어망을 눈여겨보았던 한 시인처럼, 최현우 역시 비행하는 대상의 경쾌한 날갯짓보다 "날개와 허공이 마찰하는 부분"(「충돌 지점」)을 주시하는 사람이기 때문일 것이다. 날아오름을 "공중의 어떤 곳을 망가뜨리"고서 "박살이 나는 찰나"(같은 시)로 느껴 앓는 이에게 일상이란 충돌의 연속이자 그 결과로서의 무너짐이다. 고요한 "그림자에서 찌그러진 양철 소리"(「유년」)가 난다는 것을, "빛의 예각"마저 "흉기가 될 수 있다는 것"(「거울 열상」)을 모른 체할 수 없는 시인은 세계의 아픔을 계시처럼 받아들인다. 단, 브레히트가 누군가의 피폐와 절망에다 운율을 맞출 수 없었던 것처럼, 최현우는 서정적 아름다움이 완성될 수 없도록 자르고 긋고 베면서 아름답다 믿어지는 세계를 열렬히 그르친다.

일찍이 이성복 시인이 "모두 병들었는데 아무도 아프지 않았다"*라며, 통점이 사라져 환부를 인식조차 할 수 없는 시대를 진단했었다면, 최현우는 "통증 없이도 이토록 멍들 수 있는가"(「충돌 지점」)라며, 피가 퍼렇게 맺힌 흔적이 선연

---

* 이성복 「그날」, 『뒹구는 돌은 언제 잠 깨는가』, 문학과지성사 1980.

한데도 그에 상응하는 아픔을 느끼지 않는 삶에 경악한다. "하루에도 몇번씩/떠밀려와 눕지도 못한 채로 썩는 자들"이 거리에 즐비해 있음에도 "모두가 신이 난 것처럼"(「가느다란 순간」) 도시는 건재하고, 삶은 아무 일 없다는 듯 유유히 흘러간다. 살 만하지 않은 삶을 살아내는 현대인의 비극적인 억척스러움과 무감함에 최현우는 줄곧 놀란다. 이 감정은 그렇게 살아가도록 강요받는 인간에 대한 연민으로 나아가기도 하고, 회피를 삶의 전략으로 삼아 살아남은 자기를 향한 혐오로 뻗어가기도 한다.

여름과 매미
평범한 짝꿍
이제 짐짓 아는 체하는 일에 지쳤어
여름이고 다 자라버려서 매미가 울고 있을 뿐인데
거기서 비의와 교의를 찾는 일 따위

매미가 우는 일에
매미처럼 울지도 못할 거면서

통곡은 몸에서 멀고

늦은 오후, 흑색 도시는 매연으로 부풀어
사람의 마음에 기관지를 달고

금방이라도 터져 나올 게 있다는 걸
틀어막아야 할 검은 입가가 있다는 걸 알게 한다

어디를 가려야 할지 모르는 사람들은
대충 눈을 감고 팔짱을 낀다
길인지 굴인지 모를 갱도의 각도로
자신을 접는 방식으로
지하철이나 버스에 앉아 퇴근을 하고

(…)

하필이면 발밑에 매미가 죽어 있다

새카맣게

날개를 접으면
양 문으로 닫힌 관이 된다는 걸

─「나의 실패」 부분

　여름에는 으레 매미가 울고, 둘의 조합은 평범하게 느껴
진다. 이제는 지쳐버렸다는 화자는 여름에 매미가 우는 자
연스러운 현상에서도 "비의와 교의"를 찾으려던 사람이다.
그가 섬세한 감응을 포기하는 것은 매미의 울음이 더는 슬

123

프게 느껴지지 않아서가 아니다. 오히려 "매미처럼 울지도 못"한다는 자각 때문이다. 최현우는 첫 시집 『사람은 왜 만질 수 없는 날씨를 살게 되나요』(문학동네 2020)에 수록된 시 「후회」에서도 매미를 생각한 적이 있다. "매미가 탈피할 때∥ 껍질을 강제로 벗기면 기형이 될 가능성이 높"아지는데도 "잘 벗긴 허물"을 "약재로 쓰"려 하는 인간의 고요한 잔혹함을 생각하면서 그는 "나는 병이 다 나았다∥어느 날부턴가 당신이 자주 아프다"라고 고백한 바 있다. '나'의 무탈함이란 '당신'이라 통칭되는 타자를 착취함으로써 얻어지는 것임을 가만가만 짚었던 그는 그러한 세계의 공공연한 비밀을 알고 나서도 여전히 고통받는 이들만큼 아플 수 없음을 생각한다. 타자의 슬픔을 슬플 만한 것으로 지각하는 일만으로는 아무것도 달라지지 않는다는 데 환멸을 느낀다. 아무리 거리를 좁혀보아도 내가 아닌 존재의 '통곡'은 '나'의 "몸에서 멀"다. 대상을 폭력적으로 동일시하는 태도, 즉 서정적 주체화라는 이름으로 행하던 손쉬운 자아화를 경계해야 하는 것은 맞지만, 다름을 재빨리 인정하고 말끔하게 자아와 타자를 분리해버리는 산뜻한 외면 역시 충분히 윤리적이지 않다. 이러지도 저러지도 못한 채 "매연으로 부풀어"가는 도시에서 격정적인 감정이 담긴 "사람의 마음"은 사람들 스스로에게 자주 "틀어막"힌다. 이들은 "어디를 가려야" 무감정하게 살아갈 수 있을지 몰라서 "대충 눈을 감고" "자신을 접"어버린다. 여름 한철을 울어낸 매미가 외면당한 채 죽

124

어 있는 도시에서 날개를 접듯 자기를 접은 사람들이 "양 문으로 닫힌 관"이 되어버릴 것을 시는 쓸쓸하게 암시한다.

슬픔을 외면하고 감정적 동요를 틀어막으며 일상을 지속하는 방식은 결국 한 사람의 몸을 죽음을 품는 장소로 만들어버릴 뿐이다. 주목할 점은 타자의 고통과 세계의 슬픔을 기민하게 감각할 수 있다는 능력이 그 세계를 위로하고 해결할 수 있는 권능과는 무관함을 시인이 정확히 간파하고 있다는 것이다. "오늘의 밥을 씹으"면서 "부드러운 증오"(「외면하는 기쁨」)를 삭이며 주어진 하루치의 삶을 견딜 줄 아는 인간이 되어가는 것은 두려운 일임이 분명하다. 하지만 어떤 방식으로든 타자를 해칠 수밖에 없는 이 사회에서 적당히 조심하고 적절히 공감하면서 살아가는 태도 역시 위선적인 것은 매한가지이다. 타자의 슬픔에 더 개입하지 않는 것은 근본적으로 해결해줄 수 없다는 좌절감 때문이기도 하겠지만, 타자의 고통과 불운에 대한 거부감, 즉 "타인이 살 만하지 않은 상황으로부터 우리 스스로를 보호하려는 강력한 충동"* 때문이기도 할 것이다. 제 일처럼 울어주지 않을 거면서, 울음을 그치게 할 묘수도 없으면서, 더군다나 그 울음이 내 것이 되기를 꺼리면서 타자의 울음소리만 공연히 크게 듣는 일, 그 울음을 재빠르게 알아차리는 일이 다 무얼

* 주디스 버틀러·프레데리크 보름스 『살 만한 삶과 살 만하지 않은 삶』, 조현준 옮김, 문학과지성사 2024, 85면.

까, 하고 한탄하는 최현우는 자기의 지긋지긋한 시혜적 태
도를 가감 없이 드러내 보인다.

　세상 같은 건 더러워 버리는 거라며 금방이라도 목숨을
치울 것 같던 사람은 여전히 살아서 무슨 상 같은 걸 받았
다. 조금 더 나이가 들면 이제 상 같은 걸 주는 사람이 될
거라고 했다. 세상이 그를 사랑하자, 그는 주위를 살피며
내게 몰래 품에서 유서를 꺼내 보여주었다. 거기에 적힌
말이 무엇이냐 묻자 그는 누구보다 무해한 미소를 지으며,
보이지 않냐며, 도시를 삼키며 지하로 매몰되는 낙조를 가
리켰다. (…) 그는 거기서 흘러나온 붉은 것들을 급히 제
손과 얼굴에 바르는 시늉을 했다. 너도 하겠냐는 듯이 나
를 보는 눈빛엔 점액질이 가득 끼어 있었다. 검지로 콕 찍
어 뺨에 한줄 그었다. 그는 만족한 듯 무해하게 웃었고

　육체로 싸우던 시절의 전사들은 용맹을 증명하기 위해
가장 잔혹한 맹수의 가죽을 뒤집어쓰고 그 피로 야만의
주술을 피부에 그려 넣었다. (…)

　(…) 유리와 금속으로 만들어진 이 도시는 칠할이 거울
이다. 어디를 보아도 내가 그였다.

—「분장술」 부분

고통이 들끓는 "세상 같은 건 더러워 버리는 거"라면서 신념을 앞세우던 이는 세상을 등지기는커녕 살아서 그 공을 세상으로부터 인정받는다. "세상이 그를 사랑하"고 인정해 주자 그는 죽지 않고 더욱 열심히 살아서 "상 같은 걸 주는" 높은 위치에 올라서려 한다. 세상에 안주하기 위해 힘쓰는 것이다. 고통당하는 이들을 외면하는 세상을 비판하면서 그 비판으로 모종의 지위와 명예를 획득하는 과정은 세상에 대한 직접적인 비판이 도리어 그 세상을 떠받치기도 한다는 아이러니를 드러낸다. 더욱 중요한 부분은 그런 그를 비난하고 싶어지는 '나' 역시 그와 별반 다르지 않다는 것이다. "유리와 금속"으로 이루어진 도시는 '거울'이 되어 그와 똑닮은 '나'를 비추어 보여준다. 자신의 "용맹을 증명하기 위해" 맹수의 피를 얼굴에 바르던 "전사들"처럼 이들은 "붉은 것들"을 얼굴에 발라 전의를 불태우면서도 그 피가 어디에서 왔는지는 사유하지 않게 된다.

2024년 12월 29일에 발생한 무안공항 제주항공 참사를 직접적으로 언급하는 시 「12월 30일」에서도 이와 같은 모순적인 태도가 등장한다. 병든 세계를 가급적 우회적으로 묘사하려 하는 최현우는 2022년에 발생한 10·29 이태원 참사(「밥이 잘못한 적 있습니까」)와 제주항공 참사만큼은 구체적으로 시에 언급한다.

어제는 비행기가 추락했다

(…)

멍든 것처럼
어깨를 두드리면 자꾸만 우는 사람들

생일이었다
언제나 한해를 꼭 하루 남겨놓은 날이어서
그해의 슬픈 일들을 세다가
손가락이 모자라
당신 손가락까지 함부로 자르려 한 적 있었다
—「12월 30일」 부분

비행기 추락 사고로 사망한 이들을 애도하며 사람들은 "자꾸만" 운다. 참사 다음 날인 12월 30일은 화자의 생일이고, 그는 대개 한해를 정리하기 위해 "그해의 슬픈 일들을 세"어보면서 생일을 보냈던 것으로 보인다. 죽음과 탄생이 기이하게 맞닿아 있는 날, 그는 "슬픈 일들"을 잊지 않기 위해 세어보다가 "손가락이 모자"랄 정도로 슬픈 일이 많았음을 깨닫는다. 그리고 그 일들을 마저 헤아리기 위해서 "당신 손가락까지 함부로 자르려 한"다. 우리는 이 서늘한 문장에서 타자의 죽음을 추모하고 기억하는 일에 최선을 다하려 곁에 있는 이를 다치게 하는 일도 서슴지 않는 자의 모순

적인 열의를 마주한다. 이는 겨우 열 손가락으로는 다 헤아
릴 수 없는 무수한 슬픔을 강조하는 문장이기도 하지만, 타
자의 고통에 감응하는 일이 또다른 고통을 창출하기도 하는
모순적인 연쇄를 단적으로 제시한 구절이기도 하다. 이처럼
최현우의 시집에는 애도조차 제대로 해내지 못하고 또다시
상처를 주는 자신에 대한 실망이 가득 서려 있다.
　　그러나 그는 위선의 악순환과 외면의 습관화에도 굴하지
않는 '빛'으로부터 모종의 돌파구를 마련한다. 축적되는 빛
을 발견함으로써 이십대의 집적물이라 할 수 있는 첫 시집
을 떠나보내고 다음으로 건너간다.

　　　불타오르는 사람에게 물었다
　　　당신이 어떻게 숲을 지날 수 있었는지

　　　발자국마다 새카맣게 길을 들키고
　　　손 닿는 것 전부 망가지지 않았습니까
　　　도망치지 않았습니까
　　　(…)

　　　불이 붙은 채로 사랑할 수 있었습니까

　　　그는 자그맣게 숨을 쉬고 있었다
　　　최소한으로 살겠다는 듯이

(……)

한마디도 하지 않던 그가 자리에서 일어나며 말했다

누군가와 마주 서야 할 때
바람을 등지고 서지 마세요
모든 풍향으로부터 숨겨달라고 하세요

(……)

지켜달라고 하세요
그렇게 하세요

—「서른」부분

　"너무 쉽게 하는 반성"을 생각하던 "스물아홉"(「아홉」, 『사
람은 왜 만질 수 없는 날씨를 살게 되나요』)은 이제 '서른'으로
접어들어 아무리 "최소한으로 살"아도 주변의 존재들을 태
우고 다치게 하는 "불타오르는 사람"이 "불이 붙은 채로 사
랑할 수" 있을지 묻는다. 누구든 해할 수밖에 없는 세계에서
"최소한으로" 숨만 쉬면서 "살아도 괜찮은 건지" 묻는, 혼자
하는 생각과 반성으로는 해답을 찾을 수 없었던 이에게 '그'
가 들려주는 해답은 의외로 간결하다. "지켜달라고 하세요/

그렇게 하세요”. 자기를 둘러싼 것들을 망가지게 만들면서도 살아가기를 멈출 수 없었던 ‘나’가 무력감을 자체적으로 해결할 방법이란 없음을 ‘그’는 일러준다. 그 해답은 한 사람의 내부에서는 구할 수 없는 것이다. 대안을 찾기 위해 다른 누군가에게로 다가가야만 한다.

“살면서 가장 좋았던 적은 언제인가요?”
살지 않아도 될 때요

그렇게는 대답 못하고
곰곰이 생각하는 척하다가
그런 삶은 없었다고 대답했습니다
좋지 않았던 건 아니고요

무엇이든 더이상 반복할 수 없다고 확신했을 때
오월 햇빛 어디 안 간다는 사람 생겼습니다
그늘처럼 결혼했고요
—「지금이에요」 부분

생존을 위해 지속하는 일상의 반복은 좋은 날을 불러올 수 없다. 그러다 “무엇이든 더이상 반복할 수 없다고 확신”하게 되었던 날, 한 사람이 화자에게 “오월 햇빛 어디 안 간다”라는 말을 해준다. 화자는 그와 “그늘처럼 결혼”한다.

3부의 시 「결혼」을 참조하면 그 의미가 명확해진다. 화자에게 결혼이란 "촛불을 나누는" 행위, 즉 "가장 좁은 발광"으로 "그림자들을 부르는" 일종의 초혼(招魂) 행위이다. 어쩌면 그가 말하는 결혼은 남녀가 혼인 관계를 맺는 일을 뜻하는 결혼(結婚)이 아니라 영혼을 접합하여 연결하는 결혼(結魂)일지도 모르겠다. 그는 세계를 태우던 불이 소멸해갈 때 이를 "꺼뜨리지 않기 위해/온몸 다해 무언가 막는 자세"로 살아내면 그것이 '빛'으로 남는다는 점을 자기를 둘러싼 이들에게서 배운다. 그 빛은 "어제까지 식탁 위에 놓여 있던 공책"이 사라져도 "그 자리에 있다"(「영원한 햇빛」). 누군가의 부재를 기억하는 증인으로, 빈자리를 내내 데우는 온기로 존재한다. 그는 희망의 반증과도 같은 빛과 촉각으로 만난다. "햇빛을 두껍게 바른 하부 성당"(「오전 미사」)을 거닐고, 햇빛이 "포개지는"(「영원한 햇빛」) 현장을 느낀다. "없는 동안에도/이 집의 모든 모서리를 문지르고 간/햇빛"(「외면하는 기쁨」)의 흔적을 감각한다. 빛이 사물을 투과하거나 그로부터 반사되어 튕겨날 때의 접촉을 예민하게 감지하며 그것이 우리를 충분히 어루만지고 감싸안기도 하는 물질임을 생각하게 한다.

저기, 분수대가 빛을 쌓는다

기분은 살이 아니므로

꾁 깨물어 흘린다고
피 같은 걸 증명할 수는 없겠지만

생활의 반복이
영혼을 거듭하는 일이
아니라는 것

—「민들레가 떠돌고」 부분

지리멸렬한 "생활의 반복"은 허무하지만, 계속해서 마음 쓰는 일이 그와 같은 공회전과 같을 수는 없다. "영혼을 거듭하는 일"은 타자를 헛도는 일이 아니다. 그것을 증명하는 것은 다름 아닌 '빛'이다. 어제를 비추던 햇빛은 오늘의 햇빛과 다르다. 어제도 당도했던 빛이 오늘 다시 찾아들어 우리를 껴안는 것은 분명한 되풀이이다. 최현우는 매번 새로이 되새겨지는 빛을 연속되는 시간 속에서 흘러가버리는 무엇이 아닌 층층이 쌓이는 겹겹의 의지로 인식한다. "태양과 달"을 매번 "다시 찍는 하늘"(「너는 언제 파도를 키웠지」)을 생각하면서 우리는 서로를 긍휼히 여기는 조금은 납작한 마음으로부터 한층 나아간, 서로를 밝히는 빛을 꺼내놓을 수 있다. "쏟아지는 사람 같은 건 쏟아진 적 없다는 듯 보이지 않도록 하루빨리 닦아버"(「밥이 잘못한 적 있습니까」)리는 이 세계에 질리지 않고 시시각각 접히는 마음을 매일매일 다시 펼칠 수 있다. "사람이 살게 하려고/사람을 두었다"(「디어 마

133

이 프렌드」)는 말을 천진하게 믿어버리거나 확고하게 부정해 버리기는 쉽다. 그러나 누군가 그 말을 쥐고 살 수 있도록 이를 증명하기 위한 빛을 길러내기란 어렵다. 최현우의 시는 기어코 그 일을 해낸다. 사람을 가득 채울 빛방울을 만들어낸다. 한 사람 한 사람이 키워낸 물방울 같은 빛들이 모여서 파도처럼 넘실댈 수 있음을 목도하며 그 힘겨움을 감내하기로 한다. 어김없이 고이는 슬픔에 덮어줄 오늘 치 빛을 차곡차곡 포개어가기 위해.

成炫兒 | 문학평론가

들꽃을 주워 화병에 담아 기른 적 있다.
밟혀서 짓무른 줄기가 곧잘 살아나기도 했는데

너는 왜 없는 것들만 적어두냐고 묻는다.

그래도 오늘 아침,
한번만 더 물을 주면 안 될까요?
다시 피고
좀더 살지 모르잖아요.

빈 병을 품에 안고 차례를 기다린다.

멀리 누군가 햇볕을 끼얹으며 까르르 놀다가
말없이 옆에 와서 같이 늙어준다.

2025년 봄
최현우

창비시선 517

우리 없이 빛난 아침

초판 1쇄 발행 / 2025년 4월 25일

지은이 / 최현우
펴낸이 / 염종선
책임편집 / 한예진 박문수
조판 / 한향림
펴낸곳 / (주)창비
등록 / 1986년 8월 5일 제85호
주소 / 10881 경기도 파주시 회동길 184
전화 / 031-955-3333
팩시밀리 / 영업 031-955-3399 편집 031-955-3400
홈페이지 / www.changbi.com
전자우편 / lit@changbi.com

ⓒ 최현우 2025
ISBN 978-89-364-2517-3 03810

* 이 책은 서울특별시, 서울문화재단 '2023년 창작집 발간 지원사업'의
  지원을 받아 발간되었습니다.
* 이 책 내용의 전부 또는 일부를 재사용하려면
  반드시 저작권자와 창비 양측의 동의를 받아야 합니다.
* 책값은 뒤표지에 표시되어 있습니다.